Wel! Dyma brysurdeb! Gwerthu. Prynu. Holi. Taro bargen. Taro sgwrs. Mae holl drigolion Tyddewi yn brysur, brysur, a llond y farchnad o sŵn geiriau ac arian.

3

Ond, fesul cam, aeth y prynwyr tuag adref â'u basgedi'n drwm. Dim ond y stondinwyr oedd ar ôl, a'u gwaith nhw nawr oedd twtio a thacluso a chyfri ceiniogau.

A'r diwrnod hwnnw, digwyddodd rhywbeth rhyfeddol.

Nid ceiniog gyffredin a welodd Gruff y Melinydd ar lawr y sgwâr wrth iddo gydio'n ei sachau a'u rhoi'n drefnus ar y drol. Yng nghanol y llwch gwyn, sylwodd Gruff ar ddarn disglair, crwn yn wincio arno.

yr YNYS HUD

Mererid Hopwood a Fran Evans

Gomer

I Hanna, Miriam a Llewelyn
M.H.

I Sam, Joe a Cait
F.E.

Argraffiad cyntaf – 2005

ISBN 1 84323 401 7

ⓗ testun: Mererid Hopwood
ⓗ lluniau: Fran Evans

Mae Mererid Hopwood a Fran Evans wedi datgan eu hawl
dan Ddeddf Hawlfraint, Dyluniadau a Phatentau 1988
i gael eu cydnabod fel awdur ac arlunydd y llyfr hwn.

Dymuna'r cyhoeddwyr gydnabod cymorth
Adrannau Cyngor Llyfrau Cymru.

Argraffwyd yng Nghymru gan
Wasg Gomer, Llandysul, Ceredigion SA44 4JL

Plygodd yn ofalus a'i ddal yn ei law. Roedd yn loyw, loyw.

Dangosodd y trysor i Tods, ei gi ffyddlon. A dyna lle bu'r ddau yn syllu'n syn heb y syniad lleiaf fod antur fawr ar fin dechrau.

A thra oedd y gwenyn yn busnesan, ac un neu ddwy o wragedd bach yn cloncan, a'r stondinwyr yn meddwl am fynd adref, oedodd Gruff a Tods i ryfeddu.

Ac felly y bu. Bob diwrnod marchnad byddai sach o flawd yn diflannu a byddai ceiniog loyw yn gwenu ar y llawr ar bwys y drol.

Ni soniodd Gruff air wrth neb, dim ond holi ambell un i weld tybed a oedd rhywun arall yn rhywle wedi gweld rhywbeth rhyfeddol.

Ond na, roedd pawb yn rhy brysur. Doedd neb wedi gweld dim, dim hyd yn oed Martha Ann, Bwthyn Croes.

Neb? Neb o gwbl?

Neb o blith y bobl, ta beth. Ond roedd Tods wedi dechrau dod i'w deall hi. A dim ond creaduriaid go arbennig sy'n dod i weld ac i ddirnad rhyfeddod.

Tra roedd Gruff yn gwerthu'r blawd i drigolion Tyddewi, byddai creaduriaid bach yn mentro i'r sgwâr. Yn ofalus, byddai un yn gosod sach ar gefn ceffyl bychan. A chyn gadael, byddai'n tynnu ceiniog loyw o bwrs bach a wisgai ar ei ysgwydd, a'i rhoi o dan drwyn Tods, tra roedd hwnnw'n esgus cysgu.

'Rhain, mae'n siŵr,' meddyliodd Tods, 'yw'r Tylwyth Teg.'

Ac roedd Tods yn llygad ei le.

Penderfynodd Tods rannu ei gyfrinach â Gruff.

Rhyfeddodd y melinydd at y storïau. Roedd wrth ei fodd.

Fore trannoeth, ar doriad gwawr, aeth y ddau at y môr i weld tybed a fyddai'r tylwyth teg hyn i'w gweld yn well trwy'r sbienddrych.

Ac yn wir i chi, drwy darth cynta'r dydd gwelodd Gruff ynys hudolus yng nghanol y dŵr! Hon, mae'n siŵr, oedd cartref y ffrindiau bach.

O! Byddai Gruff yn rhoi holl flawd y byd am gael cyrraedd yr ynys hon.

Ond, diar mi! Er iddo rwyfo tua'r man yn y môr lle gwelodd yr ynys hud, ni allai ei chyrraedd hi. Roedd wedi diflannu'n llwyr. Ac eto, gwyddai yn ei galon ei bod hi yno'n rhywle yn disgwyl amdano.

'Beth wnawn ni, Tods? Mae'n rhaid i ni gael cyrraedd yr ynys honno.'

Ac ar y llwybr tuag adre meddyliodd Tods yn galed.

Erbyn iddo gyrraedd y felin yn Nhre-fin roedd wedi cael syniad!

Dychwelodd y ddau ffrind i'r tir sych at yr union ddarn o dir lle safai Gruff pan welodd yr ynys hud am y tro cyntaf.

'Beth weli di nawr, Gruff?' holodd Tods.

Roedd tawelwch Gruff yn dweud y cyfan!

Yn wir i chi, roedd yr ynys i'w gweld yn glir eto.

Rhaid bod 'na swyn yn y pridd!

Ac felly, dyma dorri'r darn bach arbennig hwnnw o dir, torri'r gwair a'r grug, y llygad y dydd, y pridd a'r gwreiddiau i gyd, a chario'r cwbl yn ofalus at y cwch.

Wedi ei osod ar sedd y rhwyfwr, dyma fentro eto i'r môr mawr.

. . . A mentrodd Smwffi'r gath gyda nhw hefyd.

Wrth i freichiau cryf Gruff rwyfo'r cwch i ganol y môr, daeth yr ynys bell yn agosach.

Gwelodd y melinydd a'r gath a'r ci goed rhyfeddol â'u dail a'u ffrwythau'n hardd.

Gwelodd y tri ffrind gastell prydferth a thyrau twt.

Hon oedd ynys y tylwyth teg.

Ac yn wir i chi, wrth graffu'n ofalus, gwelodd y tri fod pobl fach, fach yn crynhoi ar y lan i'w croesawu. Creaduriaid bach â chapanau bach . . . ac adenydd bach!

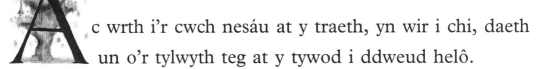

c wrth i'r cwch nesáu at y traeth, yn wir i chi, daeth un o'r tylwyth teg at y tywod i ddweud helô.

'Croeso i'r ynys hud,' meddai'r creadur bach, bach. 'Rydym wedi bod yn disgwyl amdanoch chi.'

Wedi lapio'r darn o dir ym mhoced ei got, camodd Gruff a Tods a Smwffi i'r lan.

'Diolch,' meddai Gruff.

Roedd Tods wrth ei fodd. Hwn oedd y creadur bach a roddai geiniog loyw o dan y drol bob dydd marchnad!

chyn pen dim, daeth teulu cyfan o bobl fach lawen i groesawu'r tri ymwelydd.

Roedd eu traed a'u hadenydd yn ysgafn, ysgafn a dawnsiodd y cwmni i gyd tua'r castell prydferth.

Llenwodd y lle â miwsig a chwerthin ac arogl blodau melys. Roedd hyd yn oed y malwod yn ceisio dawnsio, a'r pryfed yn gwenu.

Rywfodd, rywsut, teimlai Gruff ei fod wedi cyrraedd adref.

Yn nrws y castell roedd cerbyd bach crand ac ynddo roedd brenhines y tylwyth teg. Estynnodd ei llaw at Gruff gan ddweud: 'Croeso i'r ynys.'

(Roedd Smwffi'n methu credu ei lygaid! Roedd e bron cyn daled â'r ceffylau!)

Esboniodd Gruff wrth y frenhines fach sut
y daeth i weld yr ynys, a dwedodd wrthi
am swyn y darn o dir. Gofynnodd Mallt,
brenhines y tylwyth teg, am gael gweld
y darn o dir. A chytunodd Gruff yn syth.
Ar y gair, hedfanodd morwyn fach i boced
Gruff a chario'r darn tir yn ofalus at draed
y frenhines.

Roedd Mallt yn hapus dros ben i weld y tri ymwelydd, oherwydd roedd hi'n gwybod yn iawn mai dim ond pobl arbennig allai gyrraedd ei hynys hi. Ac roedd gan Gruff wyneb mor garedig ac roedd Smwffi a Tods mor annwyl. Am hyn, gofynnodd i'w morynion ddod ag anrhegion i'r tri. Coler yr un i Smwffi a Tods . . . a chlogyn hardd i Gruff. Ac yn eu dillad newydd, cerddodd y tri tua'r neuadd fawr.

Drwy fwa o flodau gwelodd Gruff
y tylwyth teg yn paratoi gwledd.
Ac O! roedd arogl bendigedig
drwy'r deyrnas fach i gyd.
Roedd eisiau bwyd ar Gruff wedi'r
holl rwyfo a'r holl gyffro, ond roedd
golwg y wledd wedi ei syfrdanu!
Ac yn wir i chi, am eiliad neu ddwy,
ni allai symud cam. Dim ond sefyll
yn y drws mewn rhyfeddod!

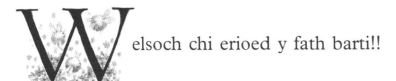

Welsoch chi erioed y fath barti!!

Un wlad o chwerthin hapus,
un parti o ffrwythau'r ynys,
afalau aur a mwyar hud –
a'r byd i gyd yn felys.

Un wledd yn llawn danteithion,
un bwrdd llawn pop a chreision,
teisennau pinc a gwydrau drud –
a'r byd i gyd yn fodlon.

Ar ôl y parti, aeth y cwmni hapus i'r ardd. Yno roedd deg tylwythen yn dawnsio mor ysgafndroed fel nad oeddent yn gadael dim ond ôl cysgod ar y glaswellt.

Yno hefyd, gwelodd Smwffi ras falwod am y tro cyntaf yn ei fywyd!

(Ond sssshhhh! Dim smic! Mae babanod yn cysgu ym mhetalau'r rhosynnau.)

'Tods! Swmffi!' sibrydodd Gruff.
'Edrychwch!'

A heb air o gelwydd, gwelodd y tri
ffrind bryfyn bach glas yn cario
Capancoch, Capangwyrdd a
Chapanbrown ymhell uwchben yr afon
a'i physgod, a'r ardd a'i blodau.

'Wel, wel!' rhyfeddodd Gruff.

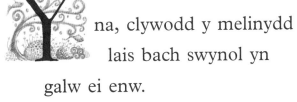na, clywodd y melinydd lais bach swynol yn galw ei enw.

'Gruff, Gruff,' dwedodd y llais. 'Hoffet ti ddod gyda fi i ben y tŵr? Os wyt ti'n dymuno, cei weld mwy o ryfeddodau eto fyth.'

Edrychodd Gruff o gwmpas a gweld Lili, merch Mallt, yn ei alw o'r awyr.

Heb oedi mwy, dilynodd hi i ben y tŵr.

Yn ofalus, ofalus, gan ddal yn dynn yn y to, edrychodd drwy ei sbienddrych.

Ac yn wir i chi, roedd llond môr o ynysoedd hud yn ymestyn o'i flaen!

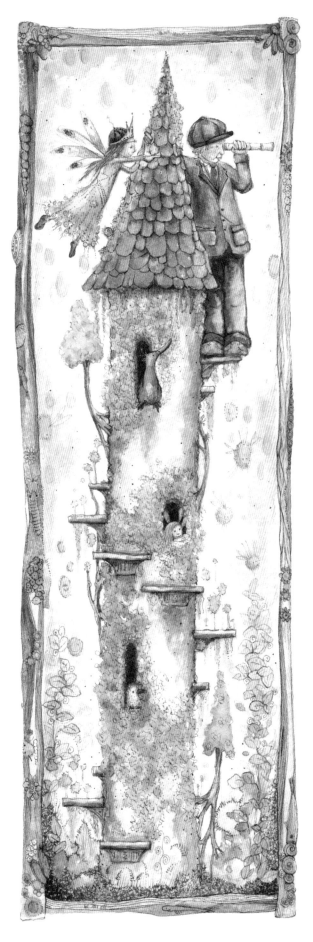

Craffodd ar un cae bach ar ynys gyfagos. Gwelodd un,
dwy, tair, pedair . . . pump o dylwyth teg yn casglu
calonnau o ganol y grug a'r eithin.
Roedd pob blodyn yn gwenu.
Wrth i'r tylwyth teg prysur weithio'n galed, roedd eu hadenydd
yn sibrwd cân fach ac yn eu cadw'n oer yng ngwres yr haul.
Ac aeth Tods am dro ar gefn cyw esgob Tyddewi.
. . . Wel, beth nesaf?

Ond gyda hyn, dechreuodd dywyllu.

Dechreuodd yr haul feddwl am fynd i'w wely.

A dechreuodd y nos feddwl am ddihuno.

Roedd hi'n amser i Gruff fynd yn ôl i'r felin yn Nhre-fin ac yn amser paratoi'r blawd i'w werthu ym marchnad Tyddewi.

'Dere, Smwffi,' dwedodd yn dawel. 'Dere, Tods. Mae'n amser dweud ffarwél.'

Ond O! roedd Smwffi'n cysgu'n braf ar glustog o betalau meddal.

'Arhoswch yma,' meddai Capangwyrdd.

'Ie, plîs arhoswch,' meddai Capanlelog.

'Gawn ni aros?' holodd Tods.

'Na, ffrindiau bach, bydd raid i ni fynd,' atebodd Gruff yn drist.

Ond wyddoch chi beth? Roedd y tylwyth teg wedi paratoi twnnel arbennig yn anrheg olaf i'r cwmni bach – un llwybr hud yn ymestyn o dan y môr pentigili 'nôl i'r tir mawr.

Ac ar ôl siwrne o saith eiliad, neu
efallai saith awr, cyrhaeddodd Gruff
a Tods a Smwffi 'nôl yn ddiogel ar
bwys eglwys fach Santes Non.

heno, fel bob nos, mae Gruff yn eistedd yn ei fwthyn yn Nhre-fin.

A heno, fel bob nos, bydd yn oedi i feddwl am yr ynys hud.

Weithiau, ar noson serog, daw'r tylwyth teg ato i wincian yn ei ffenest.

Ac yn aml, er efallai mewn breuddwyd, bydd Gruff yn mentro drwy'r twnnel ac at yr ynys sydd mor bell, ac eto mor agos.